PEDRO

KAILA EUNHYE SEO

Para mi cariñosa madre, Jungbok Lee, y su extraordinaria hermana, Jihye Seo.

Puedes consultar nuestro catálogo en www.picarona.net

PEDRO
Texto e ilustraciones: *Kaila Eunhye Seo*

1.ª edición: mayo de 2017

Título original: *Fred*

Traducción: *Joana Delgado*
Maquetación: *Isabel Estrada*
Corrección: *M.ª Ángeles Olivera*

© 2015, Kaila Eunhye Seo
Primera edición publicada en Estados Unidos por Peter Pauper Press Inc.
(Reservados todos los derechos)

© 2017, Ediciones Obelisco, S. L.
www.edicionesobelisco.com
(Reservados los derechos para la lengua española)

Edita: Picarona, sello infantil de Ediciones Obelisco, S. L.
Collita, 23-25. Pol. Ind. Molí de la Bastida
08191 Rubí - Barcelona - España
Tel. 93 309 85 25 - Fax 93 309 85 23
E-mail: picarona@picarona.net

ISBN: 978-84-9145-059-7
Depósito Legal: B-8.168-2017

Printed in Spain

Impreso en España por ANMAN, Gràfiques del Vallès, S. L.
C/ Llobateres, 16-18, Tallers 7 - Nau 10. Polígon Industrial Santiga.
08210 - Barberà del Vallès (Barcelona)

En una pequeña ciudad vivía un niño
que era muy diferente a todos los demás.

Se llamaba Pedro.

Veía y creía en cosas...

. . .que los otros no podían ver,
y menos aún creer.

Veía animalitos que se movían por toda
la ciudad, de aquí para allá.
Tenían diferentes formas y tamaños:
grandes y pequeños, redondos
y cuadrados.

A veces actuaban como el viento, movían las ramas
y las apartaban de la gente.

Y en ocasiones actuaban como sombras,
ayudando a la gente a estar fresquita
en los calurosos días de verano.

Pero lo mejor de todo era cuando
actuaban como un parque.
Entonces, Pedro podía columpiarse,
deslizarse y saltar con ellos.

A Pedro le encantaba jugar con sus amigos, y cuando estaba con ellos nunca se sentía solo.

A menudo, la gente miraba a Pedro como si fuera
un bicho raro.

Pero a él no le importaba, pues cuando estaba
con sus amigos era mucho más feliz.

Pero un día las cosas cambiaron.

Era el primer día de colegio y la mamá de Pedro lo acompañó.
Había muchos niños, todos de la misma edad que él.

Su profesora era muy simpática. Les leía cuentos y les daba golosinas.

Al acabar el día, la mamá
de Pedro fue a recogerlo.
¡Estaba entusiasmado!

Le contó todo lo que había hecho
en su nuevo colegio. . .

. . .con sus nuevos amigos.

Cuando él y su mamá llegaron a casa,
Pedro corrió a su habitación
y dejó la mochila.

—¡Hola, Pedro! ¿Quieres ir fuera a jugar?   —le preguntaron sus amigos.

—Perdonad, chicos. Ahora no puedo jugar.
Voy a casa de mi amigo Diego –les contestó Pedro.

—¡Hasta luego, chicos!

Pero aquel *luego* no llegó.

Pasó un día,

y después otro,

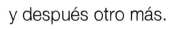

y después otro más.

El tiempo iba
transcurriendo y Pedro
se fue haciendo mayor.
Y, a medida que fue haciendo
nuevos amigos, se olvidó de
aquellos otros amigos y no los volvió
a ver nunca más.
Como todos los demás chicos.

Los años pasaron, y Pedro empezó a hacer
las mismas cosas que hacían los adultos.
Empezó a trabajar.

Comenzó a tomar café.

Y a comer las mismas cosas
para desayunar, para comer y para cenar.
Y después se acostaba.

Cada día era exactamente igual
que el día anterior.

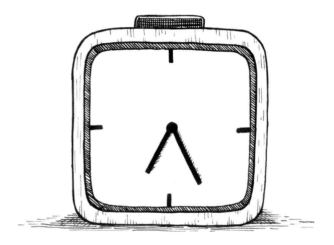

Algunos días iba al parque donde
solía jugar cuando era pequeño.

Solía sentarse a la sombra
y preguntarse por qué
a veces se sentía solo y vacío.

Un día en que Pedro estaba en el parque leyendo un libro,
levantó la vista y vio que una niñita le miraba.

—¿Os apetece una piruleta a ti y a tus amigos? —preguntó la niña.
—¿Cómo dices? —contestó Pedro.

—Toma. Es de fresa y limón, mi favorita
—dijo la pequeña.
Y antes de que Pedro pudiera contestarle,
se dio la vuelta y siguió su camino.

Las palabras de la pequeña empezaron a rondar por la cabeza de Pedro, dando vueltas y más vueltas.

Lentamente, una lucecita empezó a iluminar su corazón, a llenar de luz aquel lugar que tanto tiempo había quedado a oscuras.

Y supo que, después de todo, no estaba solo.

Supo que nunca lo había estado.